朗格汉岛的午后

村上春树 著
安西水丸 画
林少华 译

上海译文出版社

目录

安西水丸性

——代前言

　　这里收录的画和文章是安西水丸君和我为《CLASSY》杂志创作的，连载了两年。一如往常，和水丸君合作令人感到非常愉快。原则上我写东西时不喝酒，但这次想到有水丸君配画就做不到了，不知不觉走去厨房，不知不觉往威士忌里兑水，边喝边写。说得极端些，我的文章一旦由安西水丸君配画，就全部沁入了"水丸性"。

　　那么，究竟何为"水丸性"呢?

　　请您想象一下在舒心惬意的常去的酒吧台上给朋友写信的

情景好了，那就是对于我的"安西水丸性"。推门进去，往吧台前一坐，用眼神向侍应生示意，上来辣得恰到好处的酒，老歌低回。如此时间里忽然想给朋友写信，就用圆珠笔在笔记本上写下"你还好么……"正是这么一种感觉。

说实话，这里收录的文章，我是像给谁写信那样写出来的。脑海里浮现出什么就"刷刷"写下什么，写罢直接装进信封寄给水丸君，请他配画。得到水丸君配画的我的文章是相当幸运的文章，因为文章完全不需要让人佩服打动人——他们生下来就穿上"水丸性"衣裳，洋洋自得地栖息在画的旁边。

写到这里，又有点儿想喝兑水威士忌了，尽管才午后一点。伤脑筋啊，没得办法！

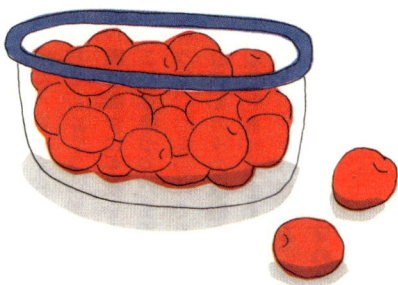

看书在餐馆

面向年轻人的杂志常常搞什么"都市生活"特辑，坦率说来，我常常觉得那玩意儿对于实际住在城里并想活得津津有味的人并无多大帮助。

例如同女孩约会时对方于下午三时半在六本木十字路口突然提出"我想去卫生间……"而该领去哪里，这样的情况那种杂志特辑里就绝对不会提及。这类琐碎的现实信息只能靠自己

开动双腿"吭哧吭哧"地搜集并输入脑海，可以说相当费事。但若做得一丝不苟，生活的流程有时候就会意外地变得畅通无阻。

比如掌握几间不放音乐而又感觉舒适宽敞的咖啡馆就很重要，在拥挤的街头走得心焦意躁的时候即可来到犹如 Oasis ① 的咖啡馆，慢悠悠地喝杯咖啡。这样，就会觉得脑袋里的漩涡静静地平复下来。要和别人谈要紧事时，知晓一家这样的场所就给你提供方便了，就大可不必面对大音量播放的斯蒂芬·旺达的《Part - time lover》不甘示弱地大喊大叫什么"跟你说，这个星期天如果可以的话……"新潮的咖啡馆固然所在皆是，但安静的咖啡馆却不是一下子找得到的，知道一两家会意外地有用。

在街上若想看书，午后的餐馆无论如何都是首选。一定要确保一家安静、明亮、人少、椅子坐起来舒服的餐馆，最好是只要葡萄酒和简单的小菜也不至于给脸色看的。逛街过程中若有时间在书店买一本书，进那餐馆一小口一小口舔着白葡萄酒

---

① 希腊语，沙漠里的绿洲，休憩场所。——译者注。下同。

翻动书页——实在让人觉得奢侈得很惬意得很。如果看的是契诃夫，光景更是相得益彰。

此类小小的生活诀窍不会有专人指点，信息杂志也不会刊载，只能靠自己不断摸索着掌握。在这个意义上，住在东京和住在格陵兰岛恐怕没多大区别。

勃拉姆斯与法国菜

日前在调频广播里听西方古典音乐会，中间乐章——第几曲忘了——完了时，有个人"啪唧啪唧"拍了五六下手，那实在是让人感到羞愧。

可话又说回来，各乐章完了时不得拍手这类规矩，究竟是（1）何人（2）何时（3）以何理由定下的呢？我个人认为心里叫好而不由得拍手乃人之常情，不过这类规矩中有某种我辈无法窥知的深层原因也未可知。

据书上说，很久很久以前似乎不是这样的。1885 年勃拉姆斯亲自指挥第四交响曲首场演奏时，由于赞助人麦宁根公爵的要求，第三乐章重复演奏了一遍，而且全部结束后又将全曲从头演奏到尾。这无论怎么看都纯属胡闹，第三乐章奏完时——何况又是在堂而皇之的音乐厅——喊道"喂，勃拉姆斯君，刚才的乐章太棒了，重来一次"，纵然是出钱的公爵，以今天的感觉看也荒唐至极。然而那在当时完全说得过去，没准就像今天六本木爵士乐俱乐部那样，每有好听的独奏大家就齐声叫好——情景实在可喜可贺。

就餐规矩也有诸多莫名其妙的东西，法国菜尤其如此。就在不很久远之前，还规定说在郑重其事的场合不得把饭放在叉背上吃，委实不堪忍受。另外吃肉要切一片放进嘴里再切一片再放进嘴里，这也不胜其烦。近来我尽可能一开始就切割完毕，然后扔开刀，光右手拿叉进食。这样自是不合规矩，但吃起来更有味道。漂亮的女孩在法国餐馆只用叉子进餐的光景保准十分性感，对此我深信不疑。

剃须膏的故事

坐出租车要付钱时，钱夹里全是万元钞票，司机又没零钱——这种情况偶尔也是有的。若在过去，我就请司机在香烟铺前停下，买盒烟把钱破开，但几年前戒了烟，现在行不通了。

那么那种时候怎么办呢？我基本上是让车停在化妆品店跟前，买一盒剃须膏找回零钱。如果问为什么同是化妆品，你却专买剃须膏，而不能买洗发液、爽身粉、须后蜜、古龙香水，那我也说不清，总的说来是对剃须膏情有独钟，所以差不多总是条件反射地买剃须膏。

能够支付出租车费虽然不坏，但却要落得一整天都拿着剃须膏在街头转来转去的下场。说来奇怪，手拿一盒剃须膏在街上行走起来，大街竟好像与平时有所不同了。曾在哪本书上读到，衣袋里揣一支手枪在街上走，街景看上去会截然有别于平日。我虽然没达到那个程度，但这一盒剃须膏也足以让人觉得有点儿异样。走进酒吧，把剃须膏往吧台上一放喝威士忌，这场景也甚是了得。当然不是说它起了什么作用。

我每次去外国，必先闯进当地超市买剃须膏，把它同剃刀、牙刷等一起摆在饭店卫生间的壁架上，这样才能涌起"啊，到外国了"的实感。

我个人喜欢吉列（Gillette）的"热带椰子（Tropical Coconuts）"牌剃须膏。用它一刮，感觉上外出一步就是怀基基海滩①。

───────────────

① 夏威夷著名的海滩，观光度假胜地。

夏日的黑暗

　　很久很久以前还是学生的时候，我一有时间就扛起睡袋独自旅行，途中听当地人讲各种各样的故事：有趣的故事，吓人的故事，奇妙的故事……每个故事都同当地的历史、地形和气候密切相关。开动双腿一个个地转这些城镇和村落，就不难觉察到，人们的情思就像细小的鱼鳞一样，紧紧粘贴在那一个个场所。这样的情形是坐飞机、乘新干线或自己开车的行色匆匆的旅行者所留意不到的，只有一身热汗像傻子似的一连奔波几天，才能看出一些端倪。

在一座山里，一位老人跟我讲起了"死人路"。所谓"死人路"，就是死者的魂灵去阴曹地府的路线，而那是早已安排好了的，一如所有的水流沿着河床奔赴大海。而且那是神圣的路，人们应该尽量不靠近那条路。

"怎样才能知道那是死人路呢？"我问老人。因为万一露宿在那样的地方，事情就非同小可了。

"很冷的，马上就会知道。"老人说，"即使在盛夏也让人脊背发凉——有魂灵在那条路上走的时候。"

于是我心里暗想：夏天的夜晚还是热点儿好。夏天理应热，热才是最和平的。

但我又时常觉得不可思议：在市中心断气的人该沿着怎样的路线前往死者的国度呢？莫非悄然顺着大楼的阴影，在地铁里摸着黑，或者和雨水一起钻进下水道，无声无息地穿过城市不成？我想不明白。但时至今日，我还是时常一边想起老人的话，一边站在地铁车厢最尾端，目不转睛地注视着后面不断扑来的

黑暗。

　　夏日黑暗里

　　飘忽古人魂

关于女高中生的迟到

　　总的说来，我对时间是比较注意的，没有相当特殊的情况绝不耽误约定时间。但很早以前不是这样的，学生时代常规性地迟到，让别人等待也满不在乎。毕业出来自己做起生意、处于要求别人"绝对不要迟到"的位置之后，我本身的迟到癖也彻底改了过来。毕竟，如果提醒人家别迟到而自己迟到，就再不会有人听自己话了。

不过我个人认为——倒不是因为上面的缘故——当学生的时候即使迟到怕也没什么要紧，就算去学校晚了点儿，漏听点无聊课的开头部分，也谈不上有多大损失，走上社会后完全来得及根据需要纠正种种毛病和习惯。

从我经常下榻的城内一家宾馆的窗口可以看见眼皮底下的女子高中的正门。早上醒来冲罢淋浴吃完早餐休息一会儿，差不多就是这所高中的上学时间了，提着同样的黑书包、身穿校服的女孩子一路络绎走来，接连消失在大门里面。再看下去，就有女孩子一阵小跑而来，旋即决定命运的铃声响起，正门"咔"一声关紧，一个身穿运动服看上去心术不正的老师在门旁站定，对迟到的女孩子逐一警告并记下名字。

但其中必有不服气的女孩子，心想"动不动就给划上迟到记号如何受得了"，于是悄悄躲在正门附近的电线杆后面窥伺时机，一发现运动服老师的注意力被其他什么东西稍稍吸引过去，便动如脱兔一般穿过路面，蹦上相邻人家的围墙，"吱溜溜"顺着墙头直接跳入学校墙内，"啪啪"拍两下裙摆，若无其事地走进教室。若非兼具勇气、判断力和体力，绝对做不来如此惊险的表演。每次看到，我都不由得从宾馆楼上"啪唧啪唧"鼓掌，从而度过心旷神怡的一天。

这么着，我相当中意这座可以俯视女子高中的宾馆。

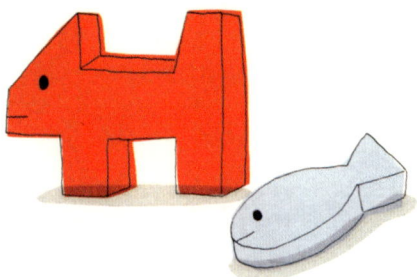

钱夹里的照片

前几天遇到许久没见的老同学，聊着喝着，他忽地从钱夹里抽出一张年轻女孩的照片给我看。以为是怎么回事呢，原来是他的新恋人。蛮可爱的。顺便说一下，他和我同岁，独身。

"如何，年轻吧？"他说。

"嗯，是啊，是年轻。"

"噫嘻嘻，18岁，十——八！"他喜不自胜地强调。看样子他活得甚是有滋有味，作为我也觉得可喜可贺。不过钱夹里塞着一张年龄比自己小一半的恋人的照片到处游走也真是了不起，感觉怕是不坏。

当然，如此人物的确是特殊例子——老遇上这等人我怕难免要发神经——到了我这个岁数，一般人钱夹里塞的都是孩子照片，久别重逢时便出示给我，说大的已经小学三年级了。

"9岁了哟，9岁！"他也一副喜不自胜的样子。把这两个类型大为不同的例子"啪"一声合在一起综合考虑，我蓦然涌起实感：我也年纪不小了！独身的也好，成家的也好，到年纪都要成为伯伯；虽然是不同的伯伯。处于我这样一不在公司上班二没有子女的情况，难免会逐渐失去对自己年龄的正常感觉。某部分仍充满孩子气，某部分已然老气横秋，以致见到老同学就时不时"咕嘟嘟"地涌起各种各样的滋味。

反正我的钱夹里是谁的照片都没有。孩子压根儿没有；塞一张年轻女子的照片，又要发展成说不清道不明的麻烦事；若把老婆的照片放进去也欠妥。"喏，这是我的老婆，年方三十×"——这我是死活做不来，当然倒也不是说有多狼狈。

大家都来画地图

　　我顶喜欢画地图。所以，若有人说"想去府上拜访，能给一张地图么"，我保准兴冲冲地拿笔就画：呃——，下公共汽车后这儿开着一大朵向日葵，旁边——喏——有一座门面这样的房子，径直走过这里，在"森永均脂牛奶"的牌子那儿往左拐……如此不厌其烦地画得详详细细。即使"忙啊，对不起"地说着推掉约稿，也要花时间画这地图：我这人也真是没了分晓。

一如字有写得好的有写得糟的，画地图同样有优劣之分。孬手画的地图，简直是一场灾难。糟糕的地图主要有以下三个问题：

（1）比例失调。就是说路宽与距离的比例随心所欲。

（2）记忆不清。呃——，第二个路口的右边？是第三个路口吧……

（3）要点欠缺。最醒目的标志全然没有标出。

手拿这样的地图在陌生地方走起来可活活要命，一个人倒还好，而若是哥伦布，部下肯定造反。

平时我就想，世间有那么多习字学校和书法班，其中办一两个"地图班"也未尝不可嘛！在那种班上学过地图画法的女孩进入公司，每当有画地图机会的时候就有人说"画地图去找总务科的佐藤小姐好了，那孩子画得一手好地图"——每当我想象起这样的场面，心里就像洒满了阳光。我这人相对说来看问题充满偏见，因此很难说这是世人的一般感觉，但我总觉得身边若有个地图画得漂亮的女孩，自己没准也会堕入情网。

我曾画过一幅虚构的镇子的地图，在此基础上写了一本小

说①，委实开心得很。说到画地图画说明图之类，安西水丸君也是位高手。

---

① 指作者的长篇小说《世界尽头与冷酷仙境》。

ONE STEP DOWN [①]

我比较喜欢给东西取名，尤其是对新开的店、新办的杂志之类，给它们取名甚是叫人舒坦。其实无非是因为愿意听同伴们七嘴八舌——"喂喂，还是叫 ×× 好嘛"、"瞧你取的什么呀，傻气"。若真有人求我说"村上君，给我这个店取个名"，那还真有点儿不好办。

当小说家之前我开过饮食店，店名随便用了猫的名字。这

类事情别想得那么深刻，"咕噜"一转身看见什么就用什么再好不过。倘名字过于讲究，从客人角度看难免觉得又闷又热喘不过气来。我本打算开下一家店时用"袋鼠佳日"作名字，后来没开，就挪用作一本短篇集的名称了②。说随意也够随意的，毕竟是把用做店名的弄成了书名。

华盛顿特区有一家名叫"ONE STEP DOWN"的爵士乐沙龙。从第一眼看到我就在心里嘀咕是什么意思。一天晚上，因为有我所喜欢的歌手马克·迈菲的演唱直播，决定去那里一次，若老板在，也好问一下店名究竟怎么来的。但结果无须再问。一如店名所示，只要迈进门内一步，其由来便一目了然。总之，只要推开门跨进一步，那里就低了一层，以致我干净利落地滚了下去。较之用来做店名，倒不如作为注意事项贴在门上对我有帮助。

不过，这"ONE STEP DOWN"倒是一间蛮不错的爵士乐沙龙。狭窄，有点儿脏，有亲切感，让人心情放松。看上去不

---

① 意为"一步倒下"。
② 指作者的短篇小说集《遇到百分之百的女孩》（原题《袋鼠佳日》）。

好接触的老伯百无聊赖地在吧台里做三明治。马克·迈菲的演唱直播听得真真切切，喝了两瓶啤酒才十二美元也令人庆幸。

卫生间里的噩梦

当学生时，一次同学对我说："你好像老在想东西，有什么烦恼不成？"说得我吃了一惊。因为我从来没在教室里想过东西。回忆起来，从那时开始我就处于"发呆"状态。

即使是现在——或者不如说现在更甚——我也时常陷入"发呆"状态。和别人在一起时自己精神紧张，一般还不至于发呆，但一人独处时，就会几分钟里全然没有知觉，陷入了空白状态。

特别是在浴室或洗脸间里，每每会觉得有什么不对头，一看，原来是把牙膏挤在梳子上刷起牙来了。有时甚至把洗发液挤到了牙刷上。

三次里总有一次用护发剂洗头而用洗发液护发。还有时，剃须膏抹在脸上，没刮脸就洗掉出门了，小便本该去厕所，却进浴室把衣服脱个精光，并且过了好半天都全然意识不到自己到底在干什么。

又有时，下意识地定定注视着无所谓的物件，蓦然回神时觉得自己真不可思议，"怎么搞的，干吗盯着这玩意儿"，而盯视当中却浑然不觉。以前在地铁站里曾对着女人连袜裤之类的广告画细看了数分钟之久，到底有些不好意思。

这是很伤脑筋的事。若是给年轻女孩说——固然没被说过——"春树君毛手毛脚的真好玩儿"倒还算好，而若上了年纪一直这样下去，岂不活活成了老年痴呆症！想到这里，不由黯然神伤。

好在我算是靠小说维持生计的，这种有违社会常识的行为可以自嘲为艺术活动的副产品而掩饰过去，但若是外科医生，

动不动坐错电车，或者把车票和迪斯科招待券搞混了递出去，被站务员训斥一顿，那可就没人敢找他做盲肠炎手术了。

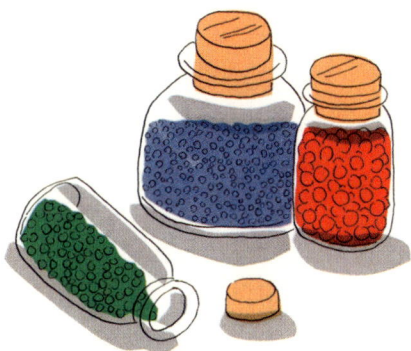

钟表是如何增多的

　　有时我忽然心想，人生恐怕无非是钟表增多的过程。当然，这一省察——倒也算不上省察——终究是来自我个人人生之个人侧面的个人意见，并不适用于世间所有人士，称不上什么普遍性。

　　距今大约十五年前，我刚结婚不久的时候，家里没有一样东西可冠以钟表之名。当然穷这个原因是有的，但也是由于不

希罕什么钟表。没那种必要。天亮时，肚子饿瘪的猫百分之百会把我们敲醒；困了，找地方躺倒就是。上街到处有电光钟，没什么不方便的。家里没有收音机没有电视机没有电话机，要确认时间只好去五百米开外的香烟铺买一盒 Hi-Lite，顺便瞥一眼里面房间的挂钟。尽管这样，对钟表仍没有多少占有欲。

如今手表、座钟、音响钟等加在一起，家里共有十六个。十六个！十六个钟表在我家里分别记录着时间。十五年前的日子，回想起来简直像是虚构。

十六个有一半都是从什么地方得来的。得什么奖时的纪念品啦，一篇短稿的酬金替代物啦，个人礼品啦，等等不一而足。这东西就像菲力浦·K·迪克①小说中某种 Entropie ②的增加那样越积越多。这么着，我的家整个成了钟表窝。心血来潮时，我就逐个校对十六个钟表，去那边调快，来这边调慢，这时间里，不由心里会想，人生这东西真是奇妙。其实，即使没有钟表那劳什子，也不至于有什么不便。

———————————

① 美国科幻作家（1928 — 1982）。
② 德语，熵（热力学函数）。

运动衫杂感

看 60 年代的美国电影，常有短袖运动衫出现——用剪刀把长袖运动衫"咔嚓咔嚓"剪成七分袖，感觉上就像是说"随便些好了，穿的东西怎么都无所谓的嘛"，对此我是比较中意的。当然喽，好在事情是发生在美国西海岸季节性温差不很厉害的地方，若在日本就行不通了，作为夏令 T 恤穿起来质地过厚，冬天因为没袖又太冷。我就有一次学人家样把运动衫袖子剪去

而后悔莫及。日本适合穿短袖运动衫的气候相当短暂。

此刻我写稿当中穿的购自日本大学①学生供销合作社，胸前写有"BEAUTIFUL CAMPUS ／ NIHON UNIVERSITY②"字样。若问我干吗穿日本大学的运动衫，原因不过是以前住在日大理工学院附近，常在学生供销合作社买东西罢了。我虽是早稻田出身，但绝不因此而身穿印有"WASEDA③"字样的运动衫。自己出身的大学是非恩怨各半，穿起来过于刺激，还是随便穿穿毫无瓜葛的大学的东西爽快得多。

不过，"BEAUTIFUL CAMPUS"这个宣传字眼的确有点不怎么样。校园漂亮的日本大学——活活成了度假村广告。大学是不需要宣传字眼的，我也去过普林斯顿和哈佛的大学生供销合作社，人家的运动衫只写大学名称。理应如此，倒不是因为是别人的大学就说三道四。

此外也有写着各种英语单词的运动衫，其中有的相当乱

---

① 日本的私立大学，位于东京。
② 意为"美丽的校园／日本大学"。
③ 早稻田（大学）的日文罗马字母。

七八糟，上街看起来委实赏心悦目。那种词语是哪个人想出来的呢？我时常感到纳闷。前两天见到一个运动衫上写着"NICE BOX 1384"的女孩。BOX 莫非指私人信箱？不过提起 NICE BOX，一般说来意思是"性能良好的女性生殖器"。这就让人哭笑不得了。

CASH AND CARRY ①

　　想必对于大多数男性来说都是这样——和恋人约会或同妻子逛街时，最难熬的是陪着买衣服。一两家倒也罢了，若陪着转了七八家而最后又说："还是回开头那家去吧"，则无论如何都叫人心力交瘁。

　　女性方面恐怕也是如此，陪着在唱片店或玩具店看得如醉如痴的男人，滋味也未必好受。不过，纵然将所有男人感兴趣的领域加在一起，也赶不上她们挑选衣服时走火入魔的劲头。那种坚韧那种精力那种热情有时完全可以把我们男人压得透不过气来。拿我个人来说吧，昨天就被迫从代官山经涩谷、青山三丁目一直走到原宿。我出于慎重穿的是散步鞋，而对方竟穿着高跟鞋走那么远的路——如此干劲，不称之为走火入魔又能称什么呢！

说起来，世间的 Boutique ② 实在是男人受苦受难的地方。空间小，进去总觉得不舒服。人多的时候棍子一样立着难免妨碍其他顾客，却又因为对连衣裙和手袋上不来兴趣而不可能一一细看商品打发时间。伤透脑筋。不料去了外国，这种情况却不可思议地没了。陪老婆逛 Boutique 从未觉得有多么无聊难受。我想这大概是因为店方对一起进来的男性给予了适当关照的缘故。在旧金山一家名叫"劳拉·阿西里"的店里，老婆挑衣服时，店里一个可爱的女孩陪我说话——"东京来的？好地方吧？很想去一趟。我是新奥尔良出生的，去过新奥尔良？"

---

① 意为"付款者"。
② 法语。兼卖首饰和女性日用品奢侈品的时装店。

在檀香山市郊一家 Boutique 里，人家甚至让我坐在沙发上，端来了可乐和虾条。若是这样的店，男人去也未尝不可。东京的 Boutique 也该多少体察一下男人的处境才是。男人并非仅仅是"CASH AND CARRY"，也是大活人嘛!

关于 UFO[①]的思考

我不大欣赏斯皮尔伯格那部名叫《遭遇未知》的影片。倒不是因为电影拍得不好，只是因为我对 UFO 那玩意儿上不来兴趣。作为电影应该是比较有意思的，但兴趣这东西没道理好讲。我讨厌饺子，所以若有饺子当主人公的电影，我想我打起分来会很苛刻。也许是蛮不讲理，不过所谓人世间就是这么回事。

当然 UFO 和饺子不同，谈不上讨厌。再重复一遍：我单单

是上不来兴趣。既非不相信 UFO 实有其物，又不是说相信。如果有人说那东西是有的，我就觉得未必没有；若有人说没有，我就心想未必有。听其自然，或者说怎么都无所谓。

我熟人里边有几个说看见过 UFO。听了，我只能应一声"呃"。可这一声差不多每次都惹对方来气——"你小子怕是不相信吧？"其实我并非就不相信 UFO 的存在，只是懒得对没有兴趣的东西明确作出是或不是的选择，但这么解释也很难得到对方谅解。事情真是麻烦。

前几天一个女孩说了我，意思大致是"春树君连 UFO 都看不到，这怎么行啊"。给她这么一说，我也不是无此感觉。要作为小说家活下去，或许该看清一两个 UFO 才是道理。若看清一两个 UFO 或幽灵什么的，说不定就有了作为艺术家的光环，也可成为酒馆里的话题。

如此想来想去，姑且这样下定义如何——见过 UFO 或幽灵的为艺术家，没见过的为小说家（艺术方面活动家）。这样，再

---

① Unidentified flying object 之略，不明飞行物。

有人问到或提起 UFO，我就可以理直气壮地拒绝："噢，我是写小说的，是'艺术方面活动家'，不是'艺术家'，所以谈不来 UFO，抱歉。"对方也会理解：是么，这家伙是"艺术方面活动家"，跟他谈这个纯属白费唇舌。于是得以八面玲珑天下太平。

猫之谜

　　人有形形色色的人，猫有形形色色的猫。我因基本上过着有闲生活，故得以经常观察猫的动态。真可谓百看不厌。有十只猫，就有十种个性，十种毛病，十种生活方式。也许你说毕竟是活物，岂非理所当然——倒也是理所当然——但认真地切近地看起来，还是有许许多多不可思议之处。不可思议、不可思议啊——如此想着想着，不觉日落天黑。

我家有两只猫，一只 11 岁的暹罗短毛母猫，一只 4 岁的阿比西尼亚公猫。就性格复杂程度来看，还是年头多的暹罗猫略胜一筹。首先一点，此猫喂她饭也不马上动嘴。肚子再饿，也只是做出"哼，原来是饭"的神情转身走去一边，"啪唧啪唧"舔自己的尾巴。舔了好一阵子，饭凉了的时候才凑过来，"也罢，吃吧"——吃起来了。何苦——费这麻烦劲呢？我全然不得其解。

　　其次一点，是寒冷季节钻被窝时一开始必三进三出。进被窝躺下，想了一会儿，"不行、不行啊"，"吱溜"走去外面。如此连续三回。到第四回才好歹安稳下来，呼呼睡去。这一仪式一般要浪费十到十五分钟，怎么看都纯属消耗时间。猫自己费事且不说，作为我在昏昏欲睡时给猫这么出来进去的，也相当来气。世上有所谓"三顾之礼"，但猫深更半夜如此折腾的必然性理应毫不存在。

　　有时认真地想来着：此种毛病是由于何种原因、通过何种过程发生在猫脑袋里的呢？难道猫自有猫的幼儿体验、青春热恋、挫折、困惑不成？便是经历了这一系列过程，最终形成了

作为一个猫的 Identity [1]，致使她冬夜必须准确无误地三进三出

被窝不成？

　　猫实在有太多的未解之谜。

---

① 自我确认、自我求证、同一性；特性、个性、归属性。

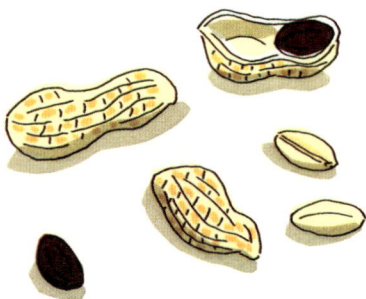

作为哲学的冰镇威士忌

学生时代我相当厌恶学习，成绩自然不怎么样。但有一个例外——喜欢看"英文日译"参考书。

若问"英文日译"参考书哪里有趣，回答是在于上面有许多许多例句，光是一个一个看或背这些例句就不至于让人生厌。如此不知不觉之间，英文书也能水到渠成地看起来了。我倒不是对学校的英语教学吹毛求疵，不过什么前置词、动词变化之

类即便灌输得再准确，书也是看不懂的。

那时记住的例句现在还能想起几个，毛姆说的"即使剃刀里也有哲学"即是其一。前后还有相当长的句子，但都忘了。总之意思是说再微不足道的小事，只要持之以恒，也会从中产生哲学。若说给女人听，就是"即使口红里也有哲学"。

高中时代读到毛姆这个句子，心里不由佩服：唔，人生原来是这个样子！因此长大在酒吧台里做工的日日夜夜，我也是一边心想"即使冰镇威士忌里也有哲学"一边做冰镇威士忌，如此干了八年。

那么，冰镇威士忌里真有哲学么？无疑是有的。当然，世上的威士忌或许有好喝和不好喝之分，而好喝的威士忌里百分之百有哲学。也许你以为，冰镇威士忌那玩意儿不就是把威士忌倒在冰块上吗？不过，单是破冰的方式就可以使冰镇威士忌的品位和味道截然不同。

以冰块来说，大的和小的融化方式就不一样。全用大冰块，"哗哗啦啦"的不好看；但小冰块多了，又马上水津津的。所以须大中小巧妙搭配起来，再往上面倒威士忌，这样杯中的威士忌才会轻盈地卷起琥珀色漩涡。只是，做到这一步需经过漫长岁月。

　　如此掌握的小小哲学日后相当有用，我觉得。

商店四季

　　一般来说，女人都像是愿意逛商店的。没什么好隐瞒的，其实我也特别愿逛商店。能那么轻易消磨时间的场所，除了动物园还真不大好找，再说又不用买门票。

　　我现在住的地方百货商店竟多达五家。当然,因是边缘城市,规模和品种比不上东京城里，但出家门走十来分钟就有五家百货商店的确令人欢欣鼓舞。每有时间（基本天天都有）我就跑到车站前，进商店里散步。

商店最适合散步的时间段不管怎么说都是平日①的上午。人少，空气清新，所有商品都排列得密密麻麻整整齐齐，感觉上谁都没有动过。开门马上就去，店员还较为恭敬地寒暄致意。人少时的商店总有点儿像动物园。迈着四方步观看商品的时间里，不难领略到季节的微妙变化——"噢，绣球花差不多鼓花蕾了"，"玉兰花都落光了吧"。夏日临近，店内装饰也带有凉意。夏令裙子、游泳衣、冲浪板、无带文胸（这东西看得太投入是不合适的）等物品显眼起来，于是"咕嘟嘟"涌起"夏天到了"的现实感。初次享受空调的凉风也大多是在商店里。染上秋天枯叶色调的商店散发着毛衣味儿也蛮有情趣，至于圣诞节前的亢奋感更无须我多说了。

另外，百货商店的天台也非常好玩。风和日丽的日子坐在长椅上和孩子们一起吃热狗吃鱿鱼串玩电子游戏固然不坏，下雨的时候撑伞在天台散步也蛮有情调。近来没那样的机会不怎

---

① 周末、节假日以外的日子。

么去了，过去下雨时经常和一个女孩爬上商店天台。天台餐桌和木马什么的被雨淋湿了，四周景物也扑朔迷离。自不用说一般没有旁人，唯有宠物柜台的热带鱼一如既往在水槽中游来游去。

我觉得，百货商店有待发掘的可能性还有很多很多。

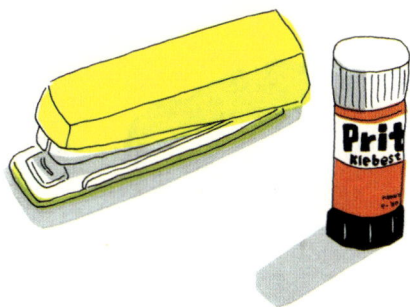

BUSY OFFICE [①]

　　有生以来还一次也不曾在冠以公司名称的地方工作过。话虽这么说，却又不是有意拒绝，只是势之所趋而已。我时不时思忖，假如可以将构成人生的要素一个个用彩色记号笔分别涂以颜色的话，那么，涂"势之所趋"用的颜色想必得占相当大的份额。

　　闲话休提。由于没在公司工作过的关系，公司及其附属的

诸多周边事物就完全不在我的认识领域之内。打领带上班是怎么回事？上司与部下在精神上处于怎样的位置和关系？办公室恋情是怎么个东西？"靠窗族指接近退休的公司职员。因其基本无事可做，成日坐在窗边闲望，所以在日本有这个称法。"每天都干什么？诸如此类的事项统统在我的想象范围之外。

公司忙也让我不明所以。若说"荞麦面馆忙"或"蔬菜店忙"，作为我也有具体感受。而"公司忙"却让我百般理解不了。

一个高中同学经营一家类似广告代理店的公司，我时而顺路到他公司玩。一看，二十来个员工看上去都很忙。接电话者有之，往表上记什么者有之，抱起纸口袋奔去门外者有之。看着都觉得累。但由于具体搞不清何以忙到这个地步，所以全然上不来同情心。

观看办公室情景之间，我切切实实感受到人世间这东西的确十分复杂。人世间若仅仅由荞麦面馆和蔬菜店构成，那么所有人的人生必然简化许多。"太太稍等一下，正忙着给这边的

----

① 意为"忙碌的办公室"。

人包西红柿"、"对不起，店里人多得不行，送外卖要等三十分钟"——如此一说事情就可解决。

我对同学说："好像挺忙的啊！"他回答："那还用说，一看就知道。"但到底如何忙法他却只字不提，毕竟太忙了。

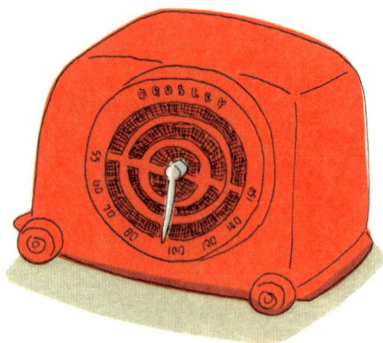

新闻与报时

　　搭出租车半听不听地听广播里的新闻，有时还真吃一惊。倒不是说内容怎么令人吃惊，惊的是播音员脱口而出的词语。

　　例如，"高速一号线立交桥附近下行线有一辆卡车'皮肉擦伤'，堵塞三公里"——听得我一瞬间不由心想，卡车怎么会"皮肉擦伤"呢？但细细想来，显然说的是"货物塌落在地[①]"。假如卡车擦伤皮肉或摩托车长出脚气，这世道还如何得了！

还有这样一则新闻："昨天，日本与苏联进行小时制工资协商……"那时我也琢磨日本和苏联何苦谈什么"小时制工资"呢？再听下面的解释，原来说的是"副部长级②"。世上真有各种各样的误听。

由于觉得滑稽，便在出租车后座咧嘴一笑。不料司机问道："先生，可有什么喜事？""哦？哪里，谈不上。"我搪塞过去了。不过，这种极为个人化的小小滑稽能让人心里相当快活。

很久以前的事了，有个播音员两次报错时间："刚才最后一响是七点整。对不起，是八点。啊对不起，是九点，是九点整。"如此这般，听得我一个人大笑了好一会儿。不过那位播音员事后肯定给上司狠狠训了一顿，没准还会给同事取个"七点八点不九点"之类的绰号，一连几年遭受奚落和欺负。想来令人不忍。虽然不忍，却又觉得滑稽。这种事每天都来上一回，人生就可以过得相当欢喜，我觉得。

---

①"皮肉擦伤"和"货物塌落在地"在日语中发音相同。
②"小时制工资"和"副部长级"在日语中发音亦相同。

小确幸

　　人们近来开始将长裤以美式英语"pants①"称之，以致我搞不清该把本来（这么说也许奇怪）穿在长裤里面的"pants"称之为什么。若是地道英语，大概是称作"underpants"。但在如此名称尚未明确固定下来的日本，外 pants 和内 pants 的混乱状况便有增无已。

　　说起来，我是比较喜欢搜集"underpants"的（当然是男性用的），时不时会自己跑去百货商店斟酌一番犹豫片刻，一气买五六条回来。结果衣橱抽屉里塞了为数相当不少的 pants。

抽屉里塞满团得圆溜溜的漂亮 pants，我以为大约是人生中微小而又确实的幸福之一（简称"小确幸"）。或许这仅仅是我自己的特殊想法。这是因为，除了一个人生活的独身者，自己挑选自己的 pants 买回来的男性，至少我周围寥寥无几。

买当内衣穿的 T 恤我也相当喜欢。把刚刚出厂、带着一股棉布味儿的白 T 恤从头顶套进去时候的心情，又是"小确幸"之一。但由于这东西我总是集中买同一厂家的同一品种，因此和买 pants 时不一样，没了挑选时的快乐。

不过如此一想，就男人而言，内衣裤这一种类到此也就戛然而止了，较之女性内衣裤所占据的广大地盘，简直就像待售商品住宅的前院一样狭小而简洁，仅 pants 和 T 恤而已。

想到内衣裤，我不时为生为男人而庆幸。假如以我现在这样的性格为女人，那么装内衣裤的抽屉可能两三个都不够用。

---

① 原指内裤，但在美国现在指广义上的裤子。日本原来用其内裤（underpants）本义，最近则多指女裤。

葡萄

比之大型喷气式客机失事或许属于微不足道的事故——几年前因遭遇台风，我曾在中央线列车上困了整整一夜。傍晚从松本乘特快行至大月稍前一点儿的地方，由于山体滑坡，致使列车丝毫动弹不得。

天亮时台风虽然撤离了，但铁路修复作业迟迟不得进展，我们在列车上一直熬到那天下午。当然喽，我本来就是闲人，晚回东京一两天也全不碍事。我在列车停留的小镇散散步，买了一袋葡萄和三本菲力浦·K·迪克的小开本书，回到座位后边吃葡萄边悠然看书。对于急着赶路的旅客自是不好交待，而对我这样的人来说却是一次十分愉悦的体验。能集中看书，能领盒饭，能退回特快车费——这样还发牢骚的话，真要遭报应了。

一般情况下我绝不至于在不该下车的小站下车，漫无目的地在小镇上信步闲逛也令人心旷神怡。小镇的名字倒是忘了，总之花十五分钟大概就能从这头走到那头。有邮局，有书店，有药店，有类似消防分局的部门，有操场大得不着边际的小学。狗在低着头走路。

台风过后的天空蓝得玲珑剔透，点点处处的水洼历历映现出白云的姿影。走到大约是专门批发葡萄的店前时，但闻一股酸酸甜甜的葡萄清香扑鼻而来，于是我在那家店里买了一袋葡萄，一边看菲力浦·K·迪克的小说一边吃得一颗不剩，我手里拿的《火星上的时间》满是葡萄汁痕迹。

8月的圣诞节

　　尽管行为本身没什么难度，而做起来却总好像不容易——世间存在着若干这一类型的作业，盛夏时节买圣诞唱片即是例一。

　　买一张唱片并不需要下多大的决心，但由于唱片是圣诞唱片且季节为8月，于是我的心每每在"迷惘之海"（但愿位于月球表面）又深又黑的海底往来彷徨——今年的圣诞节我真想听圣诞唱片不成？再说，圣诞节那玩意儿真有那么大的意义不成？8月半就不得不对圣诞节及其周边事物做出价值判断是相当难受的活计。

由于这个原因，从前我漏买了许许多多珍贵的圣诞唱片。埃拉·菲茨杰拉德①的漏买了，肯尼·巴雷尔的也失之交臂。不知什么缘故，我总是偏偏在盛夏时节碰上旧唱片店里有那么几分珍贵的圣诞唱片，并且总是到了12月才为之后悔——当时买了多好！

不过今年冬天我决不会后悔了，因为我早在6月间就下决心"今夏可得趁减价时把圣诞唱片买个够"，并断然付诸实施。结果8月在檀香山就买了十多张，有一家店还对我说"祝你圣诞快乐"。

我夏天播下的种子苗壮成长，圣诞节即将光临这座城市，弗朗克·西纳特拉②、巴蒂·佩奇和切特·阿特金斯正在唱片架上静等一展歌喉。

---

① 美国爵士乐女歌手（1918—1996）。
② 美国流行音乐歌手、电影演员（1915—1998）。

献给随身听的安魂曲

足足用了四年的随身听最近到底支撑不住了，我决心换个新的。说是用了四年，但我每天早上跑步时都把带子紧紧勒在手腕上，所以磨损程度应该远比一般人的厉害。因此，较之"随身听"，称之为"助跑听"更加确切。可是四年时间里它竟毫无怨言，任凭自己浑身是汗，风吹雨淋，摇来摆去，有时还猛地掉在水泥地上。真亏它还能坚持到今天。倘有专门面向机械的寺院，真想把它供奉进去，并取个法名曰"村上疾行音乐童子"。

在音响器材商店买的第二代新型随身听比第一代小得多，重量减轻一半，且有自动倒带装置，又可充电，价钱也比第一代便宜。想到一个机械装置四年时间竟进步到这般地步，虽不能说感慨万千，也够让人佩服的，至少和人（譬如我）的进步速度相比，是足以令我目瞪口呆的。

可在佩服的同时，我又生出了疑问："随身听"果真有如此进步的必要么？当然，对于一个机械变得又便宜又小又方便这件事本身我断无异议，只是我在定睛注视引退了的第一代随身听之间蓦然心想：就这样长此以往，也没什么不方便嘛！不过如此想下去，世上百分之九十五的进步恐怕都没多大必要——这大概是不可取的想法。

不管怎样，索尼随身听 WM Ⅱ哟，安息吧！

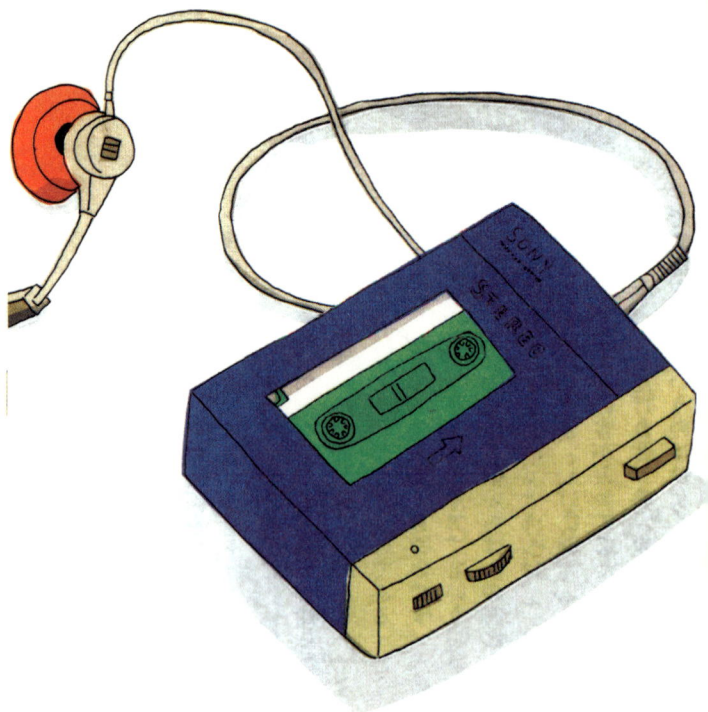

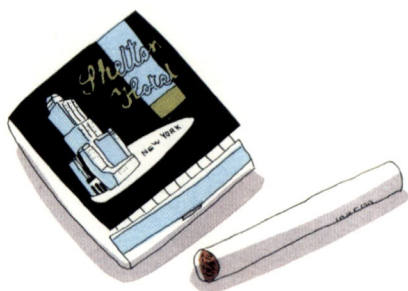

核之冬式电影院

　　前几天有事去了趟京都。因时间多了出来，就按老习惯跑进最先瞧见的电影院看了一场电影。老实说，我非常喜欢这样在旅行地看电影。在东京时对上电影院倒不甚热心，然而旅行时在陌生城镇看见电影院招牌，就几乎条件反射地一头扎将进去。

　　在京都看的是一部名叫《在火焰下》（underfire）的战争片。由于是早晨第一场，开始放映时座位上只我一人。放映十来分钟后进来了第二个人，我也多少舒了口气。在电影院里一个人看电影总觉得心里空落落的不踏实。我忽然这么想象：假如核战争中只剩我一个人幸免于难，那么等待我的恐怕即是这样的人生。

如此说来，在柏林动物园站附近进电影院看《克里斯蒂娜·F》时，观众也只有我自己。电影院老得离谱大得出奇，且气氛抑郁，孤零零一个人坐在里面真有些不寒而栗。况且外国的电影院不同于日本，放映一开始全场陡然变黑，即使四下打量也全然不晓得有无新客人进来。莫不是这黑暗中就我一个人？如此忐忑不安地看着《克里斯蒂娜·F》，黑暗和紧张愈发沁入骨髓。

放罢亮灯，四下环顾，原来看的人一共四个。于是，在这"核之冬"式的空空荡荡的柏林电影院里，我们四人不由得面面相觑。

银座线地铁里的大马猴的诅咒

前几天乘地铁，对面座位上坐着显然是母女的一对女性。两人都把同一百货商店的手提袋放在膝头，长相简直是一个瓜的两半。

我也闲着，一边不时瞥一眼打量两人，一边心悦诚服地思忖：到底是母女，端的一模一样，这女孩长到一定年纪，必定又是同样的婆娘。不料车到赤坂见附站停下时，上年纪的女性一声不响地独自下车而去。原来两人不是母女，完全是路人，只是相邻而坐罢了。

我时常会这样出错。原因在于我的判断力有缺陷（大约有缺陷），而想象力又快步抢先了。所以一旦认定是母女，两人的母女性便不管三七二十一径自前行了。这是很伤脑筋的事。

尽管如此，那两人未尝不是真正母女的可能性至今仍在我脑袋里挥之不去，总以为只是因为某种原因，两人对自己本是母女这一事实始终蒙在鼓里。

譬如说，那年轻姑娘有可能在还是婴儿的时候——例如东京奥林匹克运动会那年——在密林深处被大马猴抢去了，母亲摘完草莓回来时婴儿已不在那里，只剩下小绒帽和大马猴毛。

此后二十二年过去了，女儿被大马猴养到 8 岁，后来被镇长家领养，出落成漂亮的姑娘，今天是来银座松屋店买不锈钢胡椒瓶的。而她母亲以为她已死了，因此即使在地铁里坐到一块也没意识到那就是自己女儿。大马猴的诅咒锁定了她俩不放。

朗格汉岛^①的午后

过去的事了。

上初中那年春天，我忘了带第一节生物课的课本，便回家去取。我家离学校走路才十五六分钟，来回跑步，基本上不会耽误上课。我是个非常老实的初中生（以前的初中生我觉得都很老实），按老师说的一路猛跑，回到家拿起课本，"咕嘟咕嘟"喝了一肚子水，又朝学校跑去。

我家与学校之间隔着一条河，河不太深，水又漂亮，上面架着一座蛮有情趣的旧石桥，桥窄得一辆摩托都开不过去。周围是公园，夹竹桃像要挡住人视线似的一字排开，开得蓬蓬勃勃。往桥的正中间一站，靠着栏杆往南面凝目细看，可以看见闪闪地反射着太阳光的海面。

　　一个正合适用"暖洋洋"一词形容的心旷神怡的春日午后，心简直像要松开来了、彻底融化了。放眼四周，什么都好像轻飘飘地离开地面两三厘米。我舒了口气，擦一把汗，倒在河边的草地上仰望天空。跑得够快的，休息五六分钟应该不碍事吧。

　　头上的白云看上去仿佛停在一个地方一动不动，但在眼前竖起一根指头测量一下，知道它正一点一点地向东移动。连枕在头下的生物课本也发出了春的气息。青蛙的视神经和那神秘的朗格汉岛①同样春意盎然。闭起眼睛，传来河水流淌的声音，流得就像在抚摸柔软的沙地。

　　在这简直像被吞入春之漩涡的正中央的 4 月午后，根本不

---

① 胰岛的别称。因胰岛的发现者为德国解剖学家朗格汉（1847—1888），故称。

可能重新跑回生物课教室。在 1961 年春天温暖的黑暗中，我轻

轻伸手，摸到了朗格汉岛的岸边。

后 记

　　这本书收录的是1984年6月《CLASSY》创刊之后的两年时间里我和村上春树君两人在"村上朝日堂画报"专栏的连载。书名由"村上朝日堂画报"换成了《朗格汉岛的午后》——这是村上君为这本书新题的。

　　以前和村上春树君也合作了几次，而每月画一幅这么大的画则是头一回。

　　两年时间，不过是转瞬即逝。

安西水丸

图书在版编目（CIP）数据

朗格汉岛的午后／（日）村上春树著；（日）安西水丸画；林少华译.
—上海：上海译文出版社，2013.10（2024.8重印）
ISBN 978-7-5327-6321-4

Ⅰ.①朗… Ⅱ.①村…②安…③林… Ⅲ.①随笔－作品集
－日本－现代 Ⅳ.① I 313.65

中国版本图书馆 CIP 数据核字（2013）第161150号

RANGERUHANSUTO NO GOGO
by Haruki Murakami
Copyright © 1986 Harukimurakami Archival Labyrinth
All rights reserved.
Originally published in Japan by Kobunsha Co., Ltd., Tokyo.
Chinese (in simplified character only) translation rights arranged with
Harukimurakami Archival Labyrinth, Japan
through THE SAKAI AGENCY and BARDON CHINESE CREATIVE AGENCY LIMITED.

Illustration by Mizumaru Anzai
© 1986 ANZAI MIZUMARU JIMUSHO

图字：09-2003-323号

朗格汉岛的午后

〔日〕村上春树 著 〔日〕安西水丸 画 林少华 译
责任编辑／沈维藩 装帧设计／张志全工作室

上海译文出版社有限公司出版、发行
网址：www.yiwen.com.cn
201101 上海市闵行区号景路159弄B座
上海中华商务联合印刷有限公司印制

开本 890×1240 1/32 印张4 字数15,000
2013 年10月第1版 2024 年8月第6次印刷
印数 20,201-22,200 册

ISBN 978-7-5327-6321-4 / I · 3779
定价：45.00元